KB211098

자기개발 리더십 전문가 **김형곤 교수**가 말하는

대한민국!
20대가
진짜 미쳐야 할
3가지

자기개발 리더십 전문가 **김형곤 교수**가 말하는

대한민국!
20대가
진짜 미쳐야 할
3가지

김형곤

두루

들어가며

 언젠가부터 환갑이라는 말은 우스운 말이 되었다. 적어도 구순이나 상수(上壽) 정도는 되어야 나이 가지고 말이라도 할 수 있는 때인 것 같다. 그런데도 나는 젊은 나이에 참으로 많은 욕심을 냈던 것 같다. 30여 년 전, 내가 공부를 하고 가르치는 사람으로 살아가겠다는 결심을 하고부터 생긴 욕심이다. 내가 가르치는 학생들에게 무엇인가 좋은 것을 가르쳐 주어야지! 하는 야무진 욕심이다. 생각해보면 분명 엉성한 욕심 덩어리가 가슴에 들어 있었고 교만한 벌레가 머릿속에서 우글 거렸던 것 같다. 별 아는 것도 없으면서, 나의 것이 아닌 선학(先學)들의 지혜를 먼저 보고 말하는 것에 지나지 않으면서도(述而不作), 마치 많이 아는 것처럼 나를 생색내도록 한 것으로 여겨지기 때문이다.

 교수라는 신분 때문인지 그것도 역사를 공부한 덕분인지 여기저기서 강연을 부탁하는 기회가 많았다. 그럴 때마다 욕심과 교만의 이중주가 나의 깊숙한 내리에서 요동쳤던 것 같다. 강연 요청이 들어오면 주제에 맞는 책을 사서 읽고,

나의 것도 아니면서 나의 것인 양, 문명의 이기인 파워포인 트의 힘을 빌려 간신히 시간을 넘기곤 했다. 아마도 나에게 붙어 있는 욕심이라는 벌레가 그 구체적인 실체를 알지 못 했기 때문이 아닌가 생각한다.

그런데 나이가 들어가면서 잉성한 욕심 덩어리와 교만한 벌레가 무엇인지 조금은 알 것 같았다. 어떻게 생각하면 이 런 욕심은 젊은 나이에 생기면 분명 교만으로 변질될 수 있 는 것 같기도 하지만 말이다.

지금은 '리더십'이라는 말이 일반화되어 있지만 30년 전 만 해도 리더십이라는 말은 참으로 생소한 말이었다. 리더 십 분야의 본고장이라고 할 수 있는 미국만 하더라도 1989 년이 되어서야 대중화되기 시작했다. 바로 스티븐 코비 박 사의 『성공하는 사람들의 7가지 습관(The 7 Habits of Highly Effective People)』(서울 : 김영사, 1994)이 나오면서부터 리더십 이라는 말이 전 세계적으로 센세이션을 불러일으켰다. 우리 나라에서도 1994년 초판 발행 후 지금까지 수백만 부가 팔렸고 세계적으로는 수천만 부 이상이 팔렸다고 한다. 이 책 이후 새로운 천년이 시작되면서부터 리더십 관련 책은 기하급수적으로 늘어났다.

내가 미국 대통령을 대상으로 리더십 공부에 입문하기 시작한 해가 대략 이때였다. 당시에만 하더라도 대통령을 연구대상으로 삼은 겁 없는 교수는 있을 수가 없었다. 특히 지존으로 여겨지는 대통령의 리더십에 대해 왈가왈부하는 것은 건방짐 그 자체였다. 그래서 그런지 한동안 안기부의 어느 요원이 나의 글과 논문을 열심히 보고(조사?) 나를 보호(감시?)하기도 했다. 내 글과 논문은 우리나라의 대통령과는 전혀 상관이 없는 미국 대통령에 관한 것이었는데도 말이다. (하기사 언제나 역사는 타산지석(他山之石)의 지혜를 주기는 하지만) 지금 생각하면 참으로 어처구니없는 일이라 여겨진다.

내가 미국 대통령 리더십을 공부하게 된 계기는 이러하다. 미국 역사를 전공하면서 늘 궁금했던 의문 중 하나는 1929년 '대공황'의 원인이었다. 1776년 독립 후 존 로크의 자유주의와 아담 스미스의 시장경제라는 두 축으로 발전해온 미국이 1929년에 갑자기 국가몰락수준(실업률 50%)으로 가버렸던 것이다. 그런 만큼 대공황의 원인을 다루는 많은 연구서가 쏟아져 나왔다. 그런데 대부분 경제적인 이유에서 그 원인을 찾았다. 제1차 세계대전 후 미국상품의 수요 부재, 비제조업 분야 산업 증대, 구매세력 부재, 소비산업 증대 등 주로 경제적인 것에만 국한해서 설명하고 있었다. 그도 그를 것이 대공황은 주식의 급락이라는 경제적 요인에서 온 것이기도 했다. 그런데 나는 경제적인 측면만으로 대공황의 원인을 설명하는 데 설득될 수가 없었다.

나의 학위 논문 주제는 「미국의 적색공포(Red Scare, 1919~1920)」였는데, 이는 전후 미국 사회의 불관용과 편협성을 보여주는 대표적인 역사적 현상 중 하나이다. 볼셰비키 혁명 이후 '도미노 현상'이 일어나면서 세계 여러 곳에서 공산화가 되어가자 미국은 사회 전반에 걸쳐 경직화되는 사회로 변해갔다. 이때 미국적인 것에 반대되는 모든 것(un-American, 사회운동, 노동운동, 학생운동, 여성운동 등)을 정당한 목소리이자 표현이었음에도 불구하고 적(공산주의, Red)으로 취급하고 그들을 탄압했던 것이다. 이는 1950년대의 '매카시즘'이나 식민지 시절 매사추세츠 주 세일럼이라는 곳에서 발생한 '마녀사냥(witch-hunt)'과 같은 맥락의 현상이다. 적색공포는 2, 3년 광풍이 불 듯 지속되다가 사라져갔지만 그 정의롭지 못한 편협성과 불관용은 1920년대에 사라지지 않고 오랫동안 지속되었다.

1997년 말에 우리는 처음 들어보는 생소한 단어에 많은 놀람과 고통을 경험했다. IMF다. 주식과 부동산이 폭락하고, 전세금을 돌려받지 못하고, 실업자가 양산되고, 은행과 기업이 문을 닫은, 단군 이래 최대의 경제적 난국이었다. 당시 많은 언론과 학자들은 이 IMF의 원인을 단순히 경제적인 원인에서만 찾았다. 마치 대공황의 원인을 경제적인 것에서만 찾듯이 말이다.

이런 걸 랑데부(rendezvous)라고 해야 할까? 그동안 공부해온 미국 대통령의 평가를 보면서 나는 큰 시사점을 발견할 수 있었다. 적색공포 이후 1920년대 미국 대통령들(하딩, 쿨리지, 후버)은 거의 모든 평가에서 서로 꼴찌를 다투고 있었다. 나는 대공황의 원인 중 하나를 1920년대 미국을 다스려 온 '국가최고 리더'인 '대통령의 리더십 부재 혹은 실패'에서 찾았다. 하딩은 대통령이 되고자 하는 마음이 전혀 없었다가 얼떨결에 공화당 갱단(오하이오 중심)의 허영과 농락으로 대통령에 당선되었다. 그런 만큼 정치는 물론 경제도 전혀 모르는 가운데 그저 잘 해주리라 믿었던 장관을 비롯한 부하들의 부정비리와 국정농단에 시달리다가 화병으로 죽었다. 쿨리지 역시 잠을 자다가 대통령이 된 사람으로 정치와 경제를 거의 몰랐다. 그는 "미국의 일은 사업이다"라고 할 정도로 자유방임적인 태도로 일관하고 정치와 경제에 무관심했다. 대공황의 징후가 나타났지만 이를 애써 무시한 후버 역시 위기의 순간에 무엇이 국민과 국가를 위한 길인 가를 고민하지 않았다.

우리의 IMF는 어떠한가? 당시 김영삼 대통령은 해외여행 자유화, OECD가입, 해외시장개방 등으로 그다지 많지 않은 달러가 해외 투기꾼들에게 빠져나가는 줄을 몰랐다. 분명 많은 학자와 기자들이 경고를 했음에도 "씰데없는(쓸데없는의 사투리) 소리"로 일축해 버렸다. 사실 1990년대는 냉선체제가 무너지고, 세계는 WTO, FTA, DDA 등 자유무역시대로 접어들어 있었고, 그동안 보호되었던 금융장벽이 완전히 개방되어 있었던 시대였다.

이후부터 나는 실패한 미국 대통령의 리더십을 공부했다. 그런데 실패한 대통령을 비판하다보니 어느 순간 나 자신이 너무 냉소적으로 변해가는 모습을 발견했다. 전혀 완벽하지 않은 놈이 '내 눈에 들어 있는 들보는 보지 못하고, 남의 얼굴에 묻은 티끌만 보는 격'이라 생각되었다. 그래서 실패한 대통령보다 성공한 대통령을 공부하겠다는 생각을 하고 링컨과 FDR과 워싱턴을 공부했다. 막상 이들을 공부하겠다고 생각했지만 나는 리더십 이론에 대해 너무나 부족하고 잘 몰랐다. 세기가 바뀔 무렵 그동안 리더십 관련 책과 논문이 수없이 나왔고 그런 것들을 먼저 공부했다. 이런 공부를 통해 그 당시 유행했던, 영어 철자를 첫머리에 두고 설명하는 나름의 리더십 이론을 하나 개발했다. 바로 'LEADER', 리더 철자 하나하나를 단어의 첫머리로 한, 리더는 이러이러해야 하고 저러저러해서는 안 된다는 논리이다.

> **L**은 Learn이다. 리더는 늘 배우는 사람이다.
> **E**는 Educate이다. 리더는 성취하고자 하는 목표를 분명히 하고 팔로워들에게 교육하는 사람이다.
> **A**는 Assist이다. 리더는 나와 우리 편은 물론 다른 사람과 협력하는 사람이다.
> **D**는 Direct이다. 리더는 솔선수범하는 사람이다.
> **E**는 Empower이다. 리더는 권한을 위임하는 사람이다.
> **R**은 Renovate이다. 리더는 혁신하는 사람이다.

이러한 이론에 근거하여 야무진 욕심을 부렸다. 2006년에 학생들에게 해주고 싶은 리더십 관련 이론 서적이라 할 수 있는 『나를 깨우는 위대한 여행』(서울 : 매경, 2006)을 발간했다. 당시만 하더라도 리더십 관련 책들이 많기는 해도 국내 작가가 쓴 책은 많지 않은 상태여서 독자들이 적지 않게 내 책을 구입했다. 여기저기서 특강도 자주했다. 하지만 내가 그 책을 썼지만 다시 보면 볼수록 나 자신도 어려웠다. 그런데 학생들과 독자들이야 오죽하겠는가? 이어서 성공한 대통령의 리더십을 분석하는 일에 매진하여 링컨의 리더십을 다룬 『원칙의 힘』, FDR의 리더십을 다룬 『소통의 힘』, 그리고 워싱턴의 리더십을 다룬 『정직의 힘』을 출간했다.

시간이 지나고 강의와 연구 이력이 조금씩 더해가면서 어떻게 해서라도 우리 학생들이나 일반 독자들에게 리더십이란 이러이러한 것이고, 단순한 테크닉이나 교리 같은 것이 아니라, 누구나 배우고 익히면 리더가 될 수 있는 그런 리더십 관련 책을 쓰고 싶었다. 이런 과욕으로 『나는 세렌디퍼다』(서울 : 한언, 2017)라는 자기개발을 위한 리더십 이론서적을 출간했다. 이 책은 책을 좋아하는 사람들에게서 적지 않은 호응을 받았다. 그룹 '소녀시대'의 서현은 이 책을 읽고 감동을 받아 20권을 구입해 소년소녀가장들에게 선물했다는 인터넷 기사도 보았다. 자기개발을 하는 리더가 되기 위해서는 네 가지 – 목표, 생각, 학습, 소통 – 열쇠를 열어야 한다는 내용이다.

하지만 그 어떤 나의 결과물도 우리나라 최고 대학으로 알려진 서울대학교에서 재직하고 있는 김난도 교수의 『아

프니까 청춘이다』,『천 번은 흔들려야 어른이 된다』는 책에
는 발바닥도 따라가지 못했다. 시대와 트렌드에 맞는 김난
도 교수의 위로에 청춘세대를 비롯한 많은 독자들이 화답한
것으로 보인다. 하지만 이 책들은 찬사가 있는 만큼 비판도
적지 않았다. 나도 후자에 조금 더 비중을 두는 사람에 속한
다. 김난도 교수도 대학생들을 가르치니 그가 말하는 청춘
은 20대를 대상으로 한 것이 분명하다. 그의 말대로 20대는
분명 아프고 흔들리고 할 수 있다. 아니 극소수의 20대를
제외하고는 대부분의 청춘은 아픈 경험을 한다. 또 천 번은
아니더라도 여러 번 흔들리는 경험을 한다. 그러나 나는 단
순히 아프고 흔들리는 청춘을 위로하고 토닥이고 힐링시키
는 것에 주안점을 두어서는 청춘세대에게는 미래가 없다고
생각한다. 아프면 빨리 치료해야 한다. 한두 번 아니 서너
번 흔들리는 것은 용서가 된다. 하지만 천 번은 아니다. 누
구나 실수하고 잘못된 길을 갈 수도 있다. 그러면 그 실수와
잘못을 빨리 뉘우치고 다시는 실수와 잘못을 반복하지 말아
야 한다. 어른이 되기 전에 청춘세대 때 아픔을 치료하고 흔
들리는 몸과 마음을 바로잡아야 한다. 어느 시골 대학 교수의
생각이다.

　김난도 교수까지는 좋았다. 하지만 이 시골 대학 교수의

마음을 정말 아프게 한 책이 출간되었다. 하지만 그 책에 20대 청춘들은 물론 많은 국민이 호응했다. 바로 금융인으로 큰돈을 번 경험이 있는 정철진 씨가 쓴 책 『대한민국 20대 재테크에 미쳐라』이다. 사회적으로 저명한 분들이 이 책은 단순히 돈을 버는 방법을 이야기하는 것이 아니라 20대가 효과적인 경제활동을 하게 하는 '성문기본영어'나 '수학의 정석' 같은 책이라 극구 칭찬하고 있었다. 그럼에도 20대라는 말에 나는 왠지 무조건 저항하고 싶었다. 재테크에 미쳐라 라는 말은 돈 버는 일에 미쳐라 라는 말과 다름 아니다. 이는 우리의 소중하고 귀한 20대 청춘을 바보로 만드는 것이다. 바보는 원래 '밥보'에서 유래했다. 밥만 찾는 바보! 아니 돈만 밝히는 바보가 되라는 말이다. 이 책이 2006년에 나왔으니 열의와 열정이 가득했던 내 나이에 사랑하는 20대인 나의 학생들에게 재테크에 미치라니? 나는 몹시도 불만이었다. 하지만 지금 나도 20대가 말하는 어쩔 수 없는 꼰대인가? 생각된다.

20대가 누구인가? 내 사랑하는 제자들! 학생들이 아닌가. 내 자식도 20대가 아닌가. 아무리 효과적인 경제생활을 하는 법이라지만 20대인 내 자식이 내 사랑하는 학생들이 인생에서 참으로 소중한 것을 버려두고 재테크라는 것에 더 많은 관심을 두는 것은 분명 무엇인가 잘못된 느낌이다. 관심정도가 아니라 미치란다. 미친다는 것은 다른 것은 보이지 않고 그것에 온전히 집중하는 것이다. 대한민국의 20대 모두가 재테크에 미친다면 우리나라의 미래는 모르긴 몰라도 아프리카 정글과 같이 되지나 않을까?

최근이다. 나보다 한 십수 년 선배의 말이다. "김교수! 우리나라의 3대 종교가 무엇인지 아나?"고 물었다. 나는 너무나 당연한 것을 왜 묻느냐는 식으로 멀뚱멀뚱했다. 허탈한 웃음을 지으며 그 선배가 말하기를 돈교! 돈교! 돈교! 란다.

우리나라 대부분의 사람들이 언젠가부터 '돈'에 미쳤단다. 정말 돌겠다. 이 이야기를 듣고 부정하고 싶었지만 정말 그런가도 싶다. 그래서 그냥 걱정이다. 미래에 대한 희망과 가능성에 젊음이 주는 낭만과 열정으로 가득 차 있어야 할 우리의 20대가 돈에 미쳐 있다니 너무나 안타깝다. 출산율은 세계 꼴찌 수준이라고 한다. 젊은이들이 결혼을 하지 않으니 당연한 결과이기는 하지만 결혼이든 출산이든 그 핵심에는 돈이라는 것이 자리하고 있는 것 같다. 결혼을 하기 위해서는 집, 차, 직장 등이 제대로 갖추어져 있어야 한다는데 생각해 보시라. 20대 청년이 혹은 30대조차도 이 모든 것을 갖추고 있기란 참으로 어렵다. 능력이 출중한 소수나 혹은 부모찬스를 쓸 수 있는 소수를 제외한 대부분의 청년들은 거의 불가능하다. 돈에 미쳐 돈을 많이 벌고 난 후 결혼을 하고 아이를 낳겠다는 것인데, 어느 세월에 가능할까? 출산율이 폭락하는 가장 큰 원인 중 하나는 다름 아닌 우리 청년 세대가 모든 것을 갖추고 난 다음에야 결혼도 출산도 가능하다고 보는 시각이다. 바로 돈이다.

그런데 우리 한 번 생각해 보자. 20대와 30대의 대부분은 모든 것을 갖추고 살 수 있는 시기가 아니지 않은가.

"라떼는 말이야!" 사랑해서 결혼하고 남의 집 방 한 칸 셋방살이로부터 시작하는 것은 당연했다. 조금 돈을 벌어 두 칸으로 이사 가고, 조금 더 돈을 벌어 작은 아파트로 이사 가고, 또 조금 더 돈을 벌어 이른바 맨션아파트로 이사 가고 … 그러면서 대부분 2, 3명의 아이를 낳아 키우고 … 이것이 전통이고 도리라고 생각하고 그렇게 살았는데.

그런데 지금은 처음부터 모든 것을 갖추어야 시작이 가능하다고 생각하니, 그래서 그것을 가능하게 해줄 수 있는 돈 교를 신봉하고 재테크에 미쳐있으니 참으로 안타깝다.

재테크는 조금 늦은 30대와 40대에 해도 늦지 않다. 20대에 하지 않으면 안 되는 것들이 분명 있기 때문이다.

우리 20대는 거의 모두가 문제를 가지고 있다. 공부, 취직, 미래, 가족, 친구, 애인, 선후배, 여러 인간관계, 돈, 사회적 불의 등등 … 나열하자면 끝도 한도 없다. 그러나 이런 문제들은 20대를 단순히 아픔을 위로받는 것에 만족하거나 재테크에 미쳐서는 쉽게 해결되지 않는다. 20대를 20대답게 보내면, 다시 말해 많은 문제에 대한 '긍정의 방어기제'를 키워갈 때 이런 문제들은 신비스럽게 해결된다고 생각한다. 나의 경험이다. 1980년대를 온전히 살아 온 나의 20대는 지금의 20대 이상으로 수많은 문제들로 가득했다. 불안정한 미래, 공부, 친구, 애인, 선후배, 군대, … 무엇보다 80년대를 살아온 많은 사람들이 경험한 당시의 사회적 불의, 분명 불의를 알면서도 선뜻 나서지 못한 비겁한 청춘, … 20대인 나의 어깨에 많은 문제들이 있었지만 참으로 신비롭게 해결되었다. 아마도 나의 어깨에 있는 많은 문제들에 대해 단순히 치유를 받거나 재테크에 미친 것이 아니라 내가 말하는 3가지에 미치는 생활, 아니 솔직히 말해 그렇게 몸부림을 치면서 20대를 살아왔기 때문이 아닌가 생각한다.

20대의 행복의 조건은 20대에 진짜 미쳐야 할 것에 미칠 때 충족된다. 아니 20대를 지나 중년이 되고 노년이 된 세대들의 행복의 조건 역시 20대에 미쳐야 할 것에 진짜 미친 경험이 있는 사람들의 행복이 그만큼 크고 성숙되어 나타난다. 행복의 크기가 어디 있냐고 반문하겠지만 그럼에도 그런 경험 없이 20대를 보낼 때 인생의 행복은 그만큼 작아진다. 그러니 우리 20대여! 사랑하는 20대여! 정말 사랑하는 나의 학생 여러분! 바로 20대에 해야만 진짜 맛을 보는 그런 것을 반드시 하고 20대를 보내기 바란다.

여러 가지가 있겠지만 어느 지방대 낭만 교수가 오랫동안 자기개발 리더십을 공부하며 느끼고 깨달은 다음 3가지에 미쳐야 한다고 생각한다.

첫째가 사랑이다

물론 나이가 들어서도 사랑을 할 수 있다. 하지만 나이가 들면 들수록 그건 순수한 사랑이라기보다 다른 수식어가 붙어 있어 맑고 순수한 사랑과는 멀어지게 된다. 어떤 개그맨은 "나이가 들어서 가슴이 울렁거리고 손이 찌릿찌릿하면 그건 사랑이 아니라 '불륜'"이라고 말했다. 20대의 사랑은 이것저것 재지 않는 사랑 그 자체이다.

둘째가 준비다

물론 늦은 나이에도 준비를 할 수 있다. 하지만 우리가 20대에 준비해야 하는 것은 20대가 가장 역동적이고 가장

의욕이 넘치는 나이이기 때문이다. 20대는 2,3일정도 잠을 자지 않아도 견딜 수 있지 않나요?

셋째가 정의이다

대개 30대 이후부터 직장이라도 다니게 되면 그야말로 '정의'로운 생활을 하기는 쉽지 않다. 촘촘히 짜인 조직과 복잡한 인간관계 속에서 정의로움을 실천하기는 결코 쉽지 않다. 그렇기 때문에 20대에 정의로움을 경험하고 실천해 보아야 하는 것이다.

처음 이 글을 준비할 때에 제목을 '어느 지방대 교수가 말하는 20대 청년들의 맷집 키우기'로 생각했다. 그러다 앞에서 말한 '20대 재테크에 미쳐라'라는 책과 이 책에 열광하는 현상을 보고 20대가 미쳐야 할 것이 정말, 진짜 재테크 밖에 없는가. 의문, 아니 반감이 생겼다. 언젠가 내 사랑하는 20대인 우리 학생들을 위한 진짜 미쳐야 할 것을 이야기해 주리라 생각했다. 게으름의 소산일까? 아니면 여태껏 무르익지 못한 생각과 논리가 부족했던 탓일까? 60을 넘기고 있는 지금에야 20대에 진짜 미쳐야 할 것들을 정리할 수 있게 되었다. 하기야 지금도 나 자신만의 논리가 아닌가 하는 의구심과 또 20대가 볼 때 역시 '꼰대' 같은 생각에 불과한 것이 아닌가 하는 의심으로부터 완전히 자유롭지 못하지만 말이다.

이런 생각을 작은 책으로 내고자 하는 나의 의도는 딱 하나다. 할 수 있으면 아니 조금이라도 될 수 있다면 우리 대한민국 20대가 이로부터 그 어떤 영감을 얻어 각자가 자기의 꿈과 이상을 마음껏 펼치는 데 작은 밀알이 되는 것이다. 나는 질풍노도와 같은 20대를 보내면서 늘 진지하게 '나 외에 다른 누구에게 조금이라도 도움이 되는 사람이 되자'라는 삶의 모토 같은 것이 있었다. 링컨의 말처럼 '무엇을 하든 무엇을 하고 먹고 살든 좋은 사람이 되기'를 원했다. 우리 대한민국 20대가 '진짜 미쳐야 할 것에 미치는' 경험을 한다면 그 어떤 영감을 얻어 모두가 분명 좋은 사람으로 나 외에 다른 누구에게 도움이 되는 사람이 되리라 확신한다.

분명히 밝히지만 어디까지나 이 내용은 전적으로 나의 생각이고 나의 의견이다. 그래서 다른 사람들, 특히 20대 여러분의 생각과 의견이 다를 수 있음을 인정한다.

2024년 9월

차례

첫째,

사랑에 미쳐라

20대에 미쳐야 할 가장 중요하고, 가장 사연스럽고, 가장 우선적이어야 할 것은 사랑이다. 인간의 생로병사(生老病死) 주기에서 20대는 사랑하는 시기로 가장 최적화되어 있다. 생물학적으로건, 정신적·사회적으로건 20대에 사랑을 하면 그 효과는 다른 나이대보다 훨씬 앞으로 살아가야 할 모든 시간대에 소용될 수 있는 완벽하고 기본적인 밑거름을 마련하게 해준다. 사랑은 누구에게나 스스로의 존재 이유를 명확하게 해주기 때문이 아닌가 생각한다.

코로나19 이전까지만 하더라도 수업시간에 '사랑을 해본 사람' 하면 …… 절반 이상의 학생이 금방 반응을 보였다. 그런데 마스크를 낀 이후부터는 사랑 이야기가 아니라 그 어떤 재미있는 이야기를 해주어도 학생들은 반응이 없다. 전혀 아무런 반응이 없다. 모르겠다. 학생들 개개인이 마음으로는 반응을 하고 있는지? 조금, 아니 많이 안타깝다. 때로는 내 목소리가 좋지 않은 건가? 아니면 교육방법이 잘못된 건가? 또 아니면 나의 열정이 약해진 때문일까? 자책도 한다.

자 그럼, 이제 사랑 이야기를 해보자.

사랑이란 무엇인가? 일반적인 사랑의 정의는 그저 도그마적인 정의에 불과하다. 사랑만큼 개인적인 것이 없기 때문이다. 사랑은 어디까지나 개인과 개인의 관계의 것이기 때문이다.

그럼에도 일반적인 사랑의 의미와 사랑의 종류를 보자.

(1) 남녀 간의 사랑 : 이성(異性)의 상대에게 성적(性的)으로 이끌려 열렬히 좋아하는 마음의 상태이다. 드물게 (이성이 아니고 동성이라도) 좋아하는 상대를 가리키기도 한다. 이는 다른 말로 애정이라고도 한다. 예) 첫사랑
바로 지금 우리가 이야기하고 있는 사랑이다.

(2) 부모나 스승, 또는 신(神)이나 윗사람이 자식이나 제자, 또는 인간이나 아랫사람을 아끼고 소중히 위하는 마음의 상태. 때로, 자식이나 제자가 부모나 스승을 존경하고 따르는 마음의 상태를 가리키기도 한다. 예) 내리사랑

(3) 남을 돕고 이해하고 가까이하려는 마음이다. 예) 사랑이 없는 메마른 사회

(4) 사람이 가치 있는 사물이나 대상을 몹시 아끼고 귀중히 여기는 일이다. 예) 조국에 대한 사랑, 돈과 물질에 대한 사랑

이상 '구글 사전' 참조.

사랑을 해본 경험이 있는가? 사랑을 해본 경험이 없는 사람은 사랑에 대해 말할 자격이 없다. 사랑을 해보지 않으면 사랑이 주는 이 세상의 가장 큰 행복감을 모르기 때문이다. 사랑을 하면 우리가 일반적으로 필요한 행복 호르몬의 수천 배 이상의 호르몬을 분비해 준다. 엔도르핀(Endorphin)으로 알려진 행복 호르몬은 마약(Morphin)의 수천 배의 효과가 있다고 한다. 사랑을 해보라. 몸이 가벼워지고, 괜히 즐겁고, 이 세상 모든 것을 다 가진 것처럼 느껴진다. 바로 사랑을 하면 생기는 호르몬인 엔도르핀이 마구 분비되기 때문이다.

30여 년 전 추억의 만화(영화) 「영심이」를 아는가? 주인공 오영심은 여자 중학생으로 엉뚱하고 발랄하지만 공부는 그렇게 잘하지 못한다. 왕경태는 동그란 안경을 낀 얼빵한 얼굴을 가진 남자 중학생으로 공부를 잘한다. 경태는 영심이를 너무나 사랑해서 영심이 곁에서 얼쩡거리지만 그럴 때마

다 영심이는 경태를 어린애 취급하며 무시한다. 그럼에도 경태는 영심이의 가방을 늘 들어주며 죽도록 따라 다닌다. 혹시나 영심이가 말이라도 고분고분하게 하고 어떤 관심을 보이면 그날 그 순간 경태는 하늘을 날고 있는 자신을 발견하곤 한다. 아마도 그 순간, 경태에게 엄청난 엔도르핀이 생겨났기 때문일 것이다. 작가인 배금택 님의 추억이 반영된 작품이다.

개츠비를 아시나요? 위대한 개츠비 말입니다. 『위대한 개츠비(The Great Gatby)』는 미국작가 스콧 피츠제럴드(Scott Fitzgerald)의 대표 장편소설(1925)을 영화로 만든 것이다. 1896년에 태어난 피츠제럴드는 소설 배경인 1920년대에 젊은 시절을 보내며 그 시대를 온몸으로 경험한다. 말하자면 '위대한 개츠비'는 작가 자신의 이야기가 아닌가 생각한다.

피츠제럴드는 아버지가 미네소타에서 가구사업가였으나 사업에 실패하여 어린 시절을 가난하게 보냈다. 일찍부터 문학적 재능이 탁월했던 그는 주위 사람들의 도움으로 1913년 동부 명문대학인 프린스턴에 입학했다. 대학 시절 그는 학업보다는 과외활동과 사교클럽 활동에 열을 올렸고 언제나 다른 사람들을 즐겁게 만드는 재주가 있었다. 그

때 첫사랑이 짝사랑으로 끝나면서 소중한 그 경험은 소설의 모티브가 된다. 그는 일리노이의 부잣집 딸인 지니브러 킹(Ginibre King)을 만나 사랑을 하지만 가난하다는 이유로 그녀의 부모와 그녀에게서 버림을 당한다. 그녀가 돈 많은 남자와 약혼하자 상심한 그는 대학을 중퇴하고 육군 소위로 입대하여 미국이 개입한 제1차 세계대전에 참전한다. 얼마간은 전쟁터에서 보냈지만 곧 후방부대인 앨라배마로 배치되어 그곳 장교클럽에서 대학시절 겪어보지 못한 사교생활을 경험한다. 장교 사교클럽에서 그는 앨라배마 대법원 판사의 딸인 젤다 세이어(Zelda Sayre)를 만나 첫눈에 반한다. 둘은 불같은 사랑을 하고 약혼까지 하지만 보잘것없는 하급 장교에다 아직 이렇다 할 작품을 내지 못한 가난한 작가에게 부유하고 유복한 집안의 딸인 젤다는 일방적으로 파혼을 선언한다.

피츠제럴드가 당시 이별의 고통이 얼마나 심했는지는 그 후 대부분의 작품에서 투영되어 나타난다. 클라우드 피터 지몬은 『감정을 읽는 시간』에서 사랑하는 사람으로부터 이별당하는 심정을 다음과 같이 표현하고 있다.

이별이 불러오는 고통은 우리가 참을 수 있는 고통 가운데 가장 끔찍한 것 중 하나이다.

또한 지몬은 오스트리아 잘츠부르크 대학의 이고르 카우소의 표현도 덧붙였다.

이별의 맛은 살아서 맞이한 죽음의 맛이다.

가난 때문에 젤다로부터 버림받은 피츠제럴드는 군을 제대하고 출판사와 잡지사에서 일을 하며 자신의 첫 작품 『낙원의 이쪽(This side of Paradise)』(1920)을 출간해 크게 성공하고 막대한 돈을 번다. 이 성공으로 피츠제럴드는 옛 애인 젤다를 찾아 그녀에게 부와 명예를 약속하고 결혼한다. 그는 『낙원의 이쪽』에서 자기 자신의 경험을 솔직담백하게 표현한 것이 많은 사람들의 호응을 얻었다는 걸 알았다.

작가로서의 성공으로 부와 원하던 여인을 얻게 된 피츠제럴드는 뉴욕으로 이사해 소위 '재즈시대(The Jazz Age)' 혹은 '포효하는 20년대(The Roaring Twenties)'를 경험하면서 시대와 성공의 열매가 주는 즐거움을 만끽한다. 그는 뉴욕에서 술, 자동차, 신여성, 라디오, 주식 붐, 재즈, 영화, 운동, 학문, 갱단, 그리고 파티, 파티, 파티, 연일 이어지는 파티를 통해 『위대한 개츠비』의 시간적·공간적 배경을 경험한다. 그는 습작을 통해 『위대한 개츠비』를 구상했고, 1925년 드디어 책을 출간한다. 여기서 피츠제럴드는 사랑에 관한 스스로의 경험을 투영시킨다. '가난한 집안', '대학을 다니고', '전쟁에 참가하고', '장교가 되고', '첫눈에 반하는 여자를 만나고', '사랑했지만 가난 때문에 이별의 아픔을 경험하고', '많은 돈을 벌어 사랑하는 여성을 되찾으려 하고' 그리고 '지고지순한 사랑을 하고' … '위대한 개츠비'는 '위대한 피츠제럴드'의 아바타와 같은 존재였다.

비록 작가 스스로가 한편으로는 그 시대 사람들처럼 성공을 추구하고 쾌락을 즐겼지만 자신은 다른 사람과는 달리 순수한 면이 있다는 것을 확인하고 싶었는지 모르겠다. 피츠제럴드는 돈과 명예와 권력과 성공보다, 다른 그 무엇보다도 '사랑'이 우선한다는 것을 확인하고 싶었을 것이다. 그래서 그는 '위대한'이라는 말을 개츠비가 아닌 스스로에게 붙인 것이라 생각한다.

왜 개츠비가 위대할까? 아니, 왜 자신, 피츠제럴드가 위대할까? 그것은 그 시대 모든 사람들이 부자가 되기 위해 돈을 좇는 일에 탐닉하지만 자신은 첫눈에 반한 사랑하는 여인을 위해 돈을 벌고 번 돈의 모든 것은 물론 목숨까지 걸 줄 아는 그야말로 순수한 사랑의 화신이었기 때문이 아닌가 생각한다. 20대 여러분! 여러분도 단순 개츠비가 아닌 '위대한' 개츠비가 될 수 있나요?

일본의 인기 소설가인 무라카미 하루키는 자신의 소설 『상실의 시대』에서 "『위대한 개츠비』를 세 번 읽은 남자는 나와 친구가 될 수 있다"고 말하고 있다. 하루키가 왜 세 번이라고 했을까? 미국 역사를 공부하고 1920년대에 특별한 관심을 가진 나도 소설이건 영화건 한번 보고는 별 흥미를 느끼지 못했다. 하루키는 적어도 세 번 정도는 읽어야만 시대적 배경을 알고 피츠제럴드가 무엇을 말하고자 했는가를 이해할 수 있으리라 생각했을 것이다. 그동안 영화는 서너 번 보았지만 무엇인가 채워지지 않는 까닭에 전에 읽다가 책장 어디엔가 꽂아 둔 『위대한 개츠비』를 다시 꺼내 읽는다.

20대 여러분! 사랑하는 한 여인에게 모든 것을 걸 줄 아는 위대한 남자가 되어 보라. 여러분의 앞으로의 인생이 정말 풍성해지고 아름다워지고 그리고 행복해질 것이라 확신한다. 죽도록 사랑하고 또 사랑하라. 비록 그 사랑이 이루어지지 않더라도 두려워하지 마시길 …. 개츠비와 같은 열정과 경태와 같은 순수함을 가지고 사랑하면 그런 사람에게는 한동안 허용됐던 어느 지하철 외판원의 외침처럼, "저에게는 다음 칸이 있습니다." 분명 새로운 사랑이 찾아온다.

교수님! 사랑을 어떻게 찾습니까? 그건 나도 모른다. 사랑의 감정은 "제 눈의 안경"처럼 다가오기 때문이다. 하지만 아는 것도 있다. 흔히들 말하는 외부 조건들, 학력, 재산, 직업, 외모 등을 기본으로 삼아 서로의 짝을 짜 맞추는 그런 것은 분명 순수한 사랑이 아니다. 그런 것은 사랑을 팔아 이익을 챙기는 사람들이 사랑이라고 억지로 우기는 것에 지나지 않는다.

20대 여러분! 20대에 사랑하지 않고, 성공하고 나서, 집을 사고 나서 사랑을 찾으려 하면 사랑을 파는 사람들의 희생물이 될지도 모른다. 그러니 사랑은 20대에 해야 한다. 비록 이루어지지 않고 헤어지더라도 두려워 말고 죽도록 사랑할 수 있는 시기는 20대이다. 다가가면 타오르는 불에 타죽을 수도 있는데 불나방이 자꾸만 불에 다가가는 이유는 불에 대한 끌림, 바로 불을 사랑하기 때문이다. 분명히 말하지만 20대의 사랑만이 불나방 같은 사랑을 할 수 있다. 진짜 사랑 말이다. 그런 사랑을 경험한 20대는 그 후의 인생을 보다 행복하게 살 수 있는 자양분을 비축하게 된다. 가을에서 겨울로 넘어가는 시기에 곰들이 연어를 비롯한 영양가 높은 먹이로 살을 찌우는 것과 마찬가지로 우리는 20대에 사랑의 자양분을 비축해야 한다. 조건을 따지고 하는 사랑은 사랑이 아니다. 그건 진정한 사랑을 해보지 못한 이들의 자기연민이다. 자기연민이 아니라면 그건 자기충족에 지나지 않는다고 생각한다. 아닐 수도 있다. 사람에 따라서. 어떤 이는 조건을 잘 따져보아야 서로가 맞는지 알 수 있고 서로를 잘 이해해서 결혼 후 헤어지지 않는다고 말하지만 … 나는 이 말을 신뢰하지 않는다. 사랑이라는 감정의 출발점은 '무조건'이기 때문이다.

사랑은 이런 것이다. "첫눈에 반했다"는 말! 바로 사랑이다. 첫눈은 바로 "진실의 순간(MOT, Moment of Truth)"이다. 원래 투우사가 소의 급소를 찌르는 찰나(刹那)를 의미한다. 스페인어로는 *Moment De La Verdad*인데 대체로 0.03초를 넘지 않는다고 한다. 이 말은 주로 기업에서 고객을 응대하는 방법으로 많이 사용한다. 고객은 첫눈에 모든 것을 판단하고 결정하기 때문에 그 찰나의 순간이야말로 기업의 생존과 맞물려 있다는 논리이다. 사랑도 마찬가지다. 사랑도 "진실의 순간"처럼 온다. 남녀가 처음 만났을 때 첫눈에 "앗! 이 여자다", "앗! 이 남자다" 싶으면 그게 바로 사랑의 시작이다. 그래서 사랑의 본질상 외적인 조건들은 거추장스러운 장식에 불과한 것이다. 첫눈에 가슴 설레는 사람이 있으면 그게 바로 사랑이다. 다시 말하지만 '무조건'이다.

지금 누군가에게 "진실의 순간"인 사랑의 감정을 느낀다면 시도해라. 카톡이나 인스타그램이나 메시지로 말고 손편지로 자신의 마음을 전해보아라. 가슴 조이며 구겨진 '벙어리 편지'를 그녀에게, 그에게 건네주는 그런 시도를 해보아라. 퇴짜 맞을까 두려워하지 말고 계속 시도해라. 물론 요즘 말하는 스토킹 수준이면 안 된다. 거절을 당하면 가슴에서 쓴 물이 올라온다. 그런 쓴 물을 맛 본 사람이 진정한 사랑을 할 수 있다.

아이고! 교수님!

20대의 다수가 "지금 우리가 그런 가슴 조이는 사랑을 할 시간이 어디 있냐"고 따질 수 있다. 참으로 한가한 낭만적 소리하고 계신다고 비아냥거릴 수도 있다. 이 치열한 경쟁 시대에 공부도 해야 하고, 자격증도 따야 하고, 취업도 해야 하고 …. 여러분의 주장! 충분히 공감한다. 그러나 20대 여러분은 20대이기 때문에 진짜 사랑을 하면서 여러분의 미래를 잘 준비할 수 있다고 생각한다. 여러분의 나이대는 몇 날 며칠을 잠을 자지 않아도 에너지가 넘치지 않나요? 그

넘치는 에너지의 일부를 떼어 숨겨 두었던 사랑의 감정이 살아 용솟음치도록 해보시라. 그러면 미래를 위한 준비도 훨씬 더 즐겁게 할 수 있을 것이라 믿는다.

여러분들보다 먼저 사랑을 해본 경험이 있는 선배로서 '사랑'에 대한 하나의 팁을 줄까 한다. 퇴짜를 맞지 않을 확률을 높이는 데 필요한 팁이다. 사랑이란 그 자체가 울림과 고동이지만 그럼에도 사랑은 자신과 "다른 사람"에게 더 큰 울림과 고동을 느낀다는 점이다. 내가 키가 크면 상대는 키가 작고, 내가 뚱뚱하면 상대가 날씬하고, 내 피부가 검은 편이면 상대 피부는 흰 편에게서 더 큰 호감이 생긴다. 이와 관련하여 실제로 재미있는 실험이 있었다.

우리나라 어느 대학에서 전혀 모르는 건강한 남녀학생 각각 10명씩, 20명에게 똑같은 색의 운동복을 입히고 2시간 동안 운동을 시켰다. 당연히 운동복은 땀으로 함빡 젖었다. 실험자가 그 운동복을 스무 개의 투명 유리병에 넣고 남학생은 여학생의 운동복 10개를, 여학생은 남학생 운동복 10개를 각자 냄새 맡게 하고 그 좋고 나쁨을 기록하게 했다. 이미 실험자는 그 스무 명의 DNA를 조사해 두었다. 참으로 재미있는 결과가 나왔다. 남녀 간 DNA가 비슷한 사람의 운동복일수록 나쁜 냄새에 기록이 되었다. 반면 DNA가 다른 사람일수록 좋은 냄새에 기록했다. 심지어 서로의 DNA가 가장 다른 남녀 간의 냄새 소감은 참으로 "달콤하고 향기롭다"고 기록되었다. 2시간 동안 운동으로 땀에 절인 운동복인데도 말이다.

40여 년 전! 풍운의 꿈을 안고 대학생이 되었을 때 신입생 환영파티를 마치고 선배들이 2차로 데리고 간 곳이 어딘지 아는가? 나이트클럽이다. 요즘은 나이트를 빼고 그냥 클럽이라고 하지요? 당시 유행하던 노래와 춤은 디스코 멜로디와 디스코 춤이다. 디스코 멜로디는 요상하게도 손가락 한 개를 펴서 아래에서 위로 찌르고 적당히 몸을 흔들면 만사형통인 음악이다. 그래서 춤을 잘 추는 사람이나 잘 못 추는 사람이나 디스코 음악이 나오면 너나 할 것 없이 한 개의 손가락을 펴서 왼쪽 위와 오른 쪽 위를 번갈아 찌르는 춤을 추었다. 그런 음악이 10곡 정도 흐르고 나면 갑자기 끈적끈적한 음악, 즉, 블루스 음악이 흘러나온다. 그러면 대부분의 여성들은 자신의 테이블로 돌아간다. 물론 애당초 파트너를 맞추어 온 남녀는 서로가 끌어안고 블루스 음악에 따라 멋진 춤을 추지만 대부분은 그렇지 않다. 바로 그때 용기 있는 남성들은 마음에 드는 여성이 있으면 그녀에게 다가가

"저! 블루스 한 번 추실래요?" 한다.

물론 많은 여성들이 "어머! 저! 블루스 못 춰요" 하고 거절한다.

사실 블루스를 추자고 대시한 대부분의 남자들도 블루스에 "블"자도 모르고 그냥 들이대는 경우가 대부분이었다.

나도 마찬가지였다. 여럿이 어울려 디스코를 출 때 이미 눈여겨 둔 여성이 있었다. 일명 블루스 타임이 되자 나는 저쪽 테이블에 예쁘장하고 다소곳하게 앉아 있는 한 여성에게 다가가 용기 있게 말했다.

"저! 블루스 한 번 추실래요?"

그녀 역시 "어머! 저! 블루스 못 춰요"라고 했지만, …

"못 추는 게 어딨습니까"라고 말하고 팔을 잡고 무대로 나왔다. 나는 그 여성과 올해로 36년을 살고 있다.

20대 여러분, 진정 행복해지고 싶습니까? 그럼 지금 이 순간! 불안하고 초조하고 안타까움을 해결하는 하나의 긍정의 방어기제를 가져 보십시오. 무엇보다도 먼저 사랑하십시오. 헤르만 헤세는 "사랑받는 것은 행복이 아니고 사랑하는 일이야말로 행복이다"라고 말하고 있습니다.

둘째,

준비에 미쳐라

　　20대는 사랑하고, 동시에 미래를 위해 준비를 해야 한다. 20대는 사랑에 미쳐야 하듯이 미래를 위한 준비에 또한 미쳐야 한다. 물론 사람은 평생을 통해 배워야 한다. 오늘날과 같은 급변하는 시대에 살아가기 위해서는 전 연령대에서 배우고 준비하지 않으면 안 된다. 그럼에도 20대는 신체 구조적으로 사랑하는 데 최적화되어 있듯이 미래를 위한 준비를 하는 데도 최적화되어 있는 시기이다.

　　20대 여러분은 "준비에 미쳐라"라고 하는 것을 "공부하라고 하나 보다" 생각할 수 있다. 물론 공부도 해야 한다. 하지만 여기서 말하는 "준비에 미쳐라"라고 하는 의미는 단순한 공부가 아니라 앞으로 살아갈 – 아마도 현재 20대인 여러분들은 거의 모두 100세 이상을 살 것으로 기대된다

- 많은 날을 위해 보다 포괄적인 준비를 하라는 것이다.

시간은 누구에게나 공평한 것 같다. 어떻게 보면 맞고 어떻게 보면 틀리다. 그래서 인간의 지식세계를 만들어 낸 그리스인들은 시간을 구분하여 설명한다. 고대 그리스 신화에는 시간에 관한 두 개의 신이 존재한다. 하나는 절대적인 시간의 신인 크로노스(Kronos)이고, 다른 하나는 상대적인 시간의 신인 카이로스(Kairos)이다. 크로노스는 그 어떤 힘과 능력과 권력과 돈과 이 세상의 모든 것을 가진 사람이나 그렇지 못한 사람에게 공평하게 대하는 시간의 신이다. 초침, 분침, 시침, 하루, 한 달, 일 년, 십 년 … 어김없이 가는 시간이다. 이 세상 최고의 부자도, 최고의 권력자도, 가장 현명하고, 선하고, 절대적인 업적을 낳은 자도 크로노스 신 앞에서는 어찌할 도리가 없다.

하지만 카이로스가 관장하는 시간은 그 시간을 사용하는 사람에 따라 상대적으로 다르게 작용한다. 카이로스 동상 앞에 새겨진 '풍자시'에는 다음과 같은 내용이 적혀 있다.

'무성한 앞머리'를 가진 이유는 사람들로 하여금 내가 누구인지 금방 알아차리지 못하게 하고,
나를 발견했을 때는 쉽게 붙잡을 수 있도록 하기 위함이고,

뒷머리가 '대머리'인 이유는 내가 지나가고 나면 다시는 나를 붙잡지 못하도록 하기 위함이며,

발에 '날개'가 달린 이유는 최대한 빨리 사라지기 위해서이다.

'저울'을 들고 있는 이유는 기회가 앞에 있을 때는 저울을 꺼내 정확히 판단하라는 의미이며,

날카로운 '칼'을 들고 있는 이유는 칼같이 결단하라는 의미이다.

나의 이름은 '기회'이다.

카이로스는 '기회의 신'이다. 이 기회의 신 카이로스는 누구에게나 기회를 준다. 하지만 카이로스는 준비한 사람에게만 미소를 머금고 다가온다. 준비하지 않은 사람에게는 카이로스만큼 냉정하고 차가운 신은 없다.

우리 인생 전체로 놓고 볼 때 20대는 상대적으로 카이로스를 신으로 모실 수 있는 최상의 시기이다. 평생을 걸쳐 다가오는 기회를 잡기 위해서 무엇인가를 준비해야 할 시기가 바로 20대이다. 인생이라는 긴 시간대에서 대부분의 사람들의 20대는 준비를 하는 데 가장 최적화된 시기이다. 생물학적인 면에서 에너지 발생능력은 물론 사회학적인 측면에서 오랜 역사 동안 인간들의 무언의 합의를 본 시간대이기 때문이다. 물론 20대가 지나 이른바 '늦깎이'를 무시하는 것은 아니다. 당연히 늦깎이에도 무엇이든 준비할 수 있다.

하지만 여기서 준비하라는 것은 어디까지나 일반적인 상황을 말하는 것이다.

그러면 어떻게 준비를 해야 하는가? 다른 무엇보다 아침에 일어나면 먼저 "이불을 개라." 미국 해군대장 윌리엄 맥레이븐(William Harry McRaven)은 텍사스 대학 졸업식에 참석하여 이렇게 말한다.

세상을 변화시키고 싶나요? 그러면 이불부터 똑바로 개세요.

이 세상 모든 준비는 아주 사소한 기본에 있다는 말을 한 것이다. 사실 맥레이븐의 이 말은 영국 런던대학에서 연구한 결과가 뒷받침하고 있다. 아침에 일어나서 자신이 덮고 잤던 이불을 개키는 사람은 그렇게 하지 않는 사람보다 성공할 확률이 무려 360배 높다고 한다.

20대 여러분! 나는 여러분에게 이렇게 말하고 싶다. "세상을 바꾸는 것까지는 모르겠고 오늘 당장 행복해지고 싶나요? 그러면 먼저 이불을 개라." "이 세상 사람들이 말하는 이른바 성공하고 싶나요? 그러면 먼저 이불을 개라." 가능한 한 화장실을 가기 전에 먼저 이불부터 개라. 화장실을 다녀와서 정리되어 있는 이불을 보면 기분이 좋아진다. 왜 그런지 아는가? 이불을 개면 자신의 힘으로 오늘 한 가지 일은 완수한 것이 되기 때문이다. 아주 작고 사소한 일이지만 말이다. 매일 아침 그러고 나면 무엇을 준비해야 하고 어떻게 준비해야 하는가가 분명해진다. 그래서 이불을 개면 행복감이 생겨난다.

20대 준비에 미쳐할 것 중 이불을 개는 것만큼 중요한 것이 독서다. 학생들에게 과제로 독후감을 내주면 다음과 같은 글구를 종종 확인한다. "나는 책을 좋아하지 않는데 과제라 어쩔 수 없이 보았다." 참으로 어이없다. 아니 학생이 책을 안 보면 누가 책을 봅니까? 일반 종이책 말고 전자책 본다고요? 전자책이라도 꼭 보세요. 그런데 시대에 뒤떨어진 말 같지만, 역쉬(시) 쉰세대 혹은 꼰대 같지만 … 그래도 책은 가능한 한 종이책으로 읽어라. 책을 읽으면서 중요하다고 여겨지는 부분은 줄도 긋고 자신의 생각도 써 보아라. 훨씬 기억에도 오래가고 또 자신의 간접자산이 되는 데 도움이 된다. 살다보면 언젠가 책에 그은 그 줄이 살이 되고 피가 되기도 한다.

동서고금을 막론하고 이 세상 유명인들의 가장 큰 공통점이 하나 있다. 그들은 하나같이 독서광이라는 점이다. 알렉산더, 한니발, 카이사르, 키케로, 세네카, 유스티니아누스,

토마스 아퀴나스, 단테, 마키아벨리, 엘리자베스, 이사벨, 카트린느 데 메디치, 루소, 나폴레옹, 에디슨, 카네기, 워싱턴, 링컨, 시어도어 루스벨트, 프랭클린 루스벨트, 트루먼, 케네디, 레이건, 만델라, 김득신, 김대중, …. 전공 관련 책도 좋지만 가능한 한 교양서적을 많이 읽어라. 그중에서도 한 사람의 일생을 다루는 전기나 자서전을 읽으면 어느 순간 자신이 닮고 싶은 역할 모델을 만나게 된다. 또 대하소설을 읽어라. 그러면 한 세계, 한 우주가 보인다. 대하소설은 대부분 단순한 한 가지 관점을 넘어 인간의 보편적인 가치와 생각을 보여주기 때문이다.

준비에 성공하려면 현재의 상태에서 탈피해야 한다. 바퀴벌레의 조상을 아는가? 원래 바퀴벌레의 조상은 사람덩치보다 더 컸다고 한다. 상황의 변화에 따라 생존을 위해 긴 더듬이만 남긴 채 스스로의 몸을 작게 만들고 또 작게 만들어 오늘날과 같은 바퀴벌레가 되었다고 한다. 잠자리는 어떠한가? 잠자리의 조상 역시 원래는 나는 공룡인 익룡만큼 컸다고 한다. 생존을 위해 작게 또 작게 지금의 잠자리가 되어 있다. 70년을 사는 솔개의 지혜를 아는가? 대부분의 솔개는 30년을 살고나면 발톱과 부리가 무뎌지고 가슴털이 뻣뻣해져 먹이활동을 못한다고 한다. 죽을 수밖에 없는 솔개 중 어떤 솔개는 바위가 가득한 산 위 하늘 높이 올라가 그 바위를 향해 고공낙하 하여 부리를 부딪쳐 새 부리가 나 도록 기다렸다가 그 새 부리로 무뎌진 발톱과 가슴 털을 뜯 어 내 다시 30, 40년을 더 살아간다고 한다. 20대 여러분! 우리 인간이 바퀴벌레와 잠자리와 솔개보다 못해서야 되겠 는가?

어느새 다가온 인공지능(AI)은 우리의 많은 것을 대신하고 있다. 그동안의 공부와 직업세계는 분명 암기력이 좌우했다 고 할 수 있다. 하지만 인간의 암기력을 완전히 초월해 버리 고 있는 인공지능은 우리로 하여금 암기력을 더 이상 불필 요한 것으로 만들어 버리고 있다. 지금까지의 공부가 암기 위주였다면 이제는 암기가 아니라 다른 것을 배워야 한다. 바로 사고력이다. 그것에 대해 어떻게 생각하는가? 그것은 어떤 문제점을 가지고 있는가? 그것에 대해 어떤 문제가 있 을 수 있는가? 발생된 문제를 어떻게 해결할 수 있는가? 하 는 사고력과 문제해결력과 문제창조력을 길러야 한다. 특히 20대를 살고 있는 대부분의 대학생들은 더더욱 그러하다. 암기해야 할 것은 인공지능에게 그 일을 맡기고 우리는 그 것을 활용해서 문제해결력과 문제창조력을 길러야 한다. 이 제야말로 우리나라의 대학입시도 제시한 지문 중 하나를 고르는 식에서 벗어나야 한다. 하루라도 빨리 객관성을 담보한다는 조건으로 단 한 점도 변화하지 못하고 있는 우리의 입시 제도를 바꿔야 한다. 이제야말로 20대에게 아니 20대가 되는 우리의 미래 세대에게 우리가 이루어 놓은 지식 중무엇이 옳고 틀린가를 고르게 해서는 안 된다. 기존의 지식이 무엇이 문제이고, 그 문제를 어떻게 해결하고, 그것을 바탕으로 어떤 새로운 세상을 만들어 갈 것인가에 대한 평가가 이루어져야 한다.

자신의 미래를 준비하는데 공부가 필요하면 공부에 미쳐라. 대학시절 이런 친구가 있었다. 공부라고는 하지 않은 친구인데, 늘 한 손에는 두꺼운 육법전서나 영영사전이 들려있었다. 그 친구의 두꺼운 책은 공부를 하기 위한 것이 아니고 잠을 자기 위한 턱 받침대였다. 또 어떤 친구는 토익과 토플 책을 사가지고 앞부분만 보고 다 보았다고 말했다. 그때나 지금이나 영어는 중요한 것 같다. 영어공부에 노하우 하나 공개한다. 간단하다. 우리가 초등학교를 가면 선생님이 숙제를 내주는 것 중에는 반드시 "어려운 낱말 찾아오기"가 있다. 왜 그렇다고 생각하는가? 낱말의 뜻을 알아야말을 하고 글을 쓸 수 있기 때문이다. 우리가 우리말을 하는데도 이런데 남의 말인 영어를 공부하는데 단어를 모른다면 말이 되겠는가?

서점에 가면 『Vocabulary 22,000』이라는 책이 있다. 어느 출판사 책이든 괜찮다. 이 책은 대략 180페이지를 넘지 않는다. 분명 영어책인데, 나는 과학적 영어책이라고 말하고 싶다. 단어를 효과적으로 익힐 수 있도록 첫 페이지부터 마지막까지 세심하게 단어를 배치하고 있다. 그래서 이름처럼 22,000단어를 익힐 수 있지만 책이 주는 과학적 효과로 훨씬 많은 단어를 익힐 수 있다. 딱 한 달하고 10일만 투자해라. 180페이지를 30일로 나누면 하루에 6페이지이다. 하루에 6페이지를 공부하고 그 다음 날은 12페이지, 또 그 다음 날은 18페이지를 공부해라. 이런 식으로 30일 동안 180페이지를 공부하고 나면 어떤 영어책이나 영자 신문에도 막히는 단어가 없어진다. 이때 중요한 팁이 하나 있다. 단어를 외울 때 종이에 써가면서 발음을 분명히 하면서 외워라. 그리고 잘 외워지지 않는 단어는 반드시 손바닥 크기의 독서 카드에 옮겨 적어라. 한때 나는 그런 독서 카드가 라면 박스에 두 박스 정도였다. 40년이 지난 지금도 그때 공부한 마지막 영어단어 독서카드를 간직하고 있다. 30일에 그치지 말고 10일만 더 투자해라. 이제 6일 안에 180페이지를 다 볼 수 있도록 해보아라. 그리고 3일 안에 다 볼 수 있도록 해보아라. 나아가 마지막 하루 만에 또 한 번 다 볼 수 있다. 그러고 나면 이제 막히는 단어가 없을 것이다. 여러분의 토익 점수도 200점 아니 300점은 더 나올 것이라 확신한다. 그런데 고도로 발전하고 있는 인공지능(AI)이 영어나 외국어 공부를 더 이상 필요 없도록 만든다고 한다. 정말 그럴까? 허기야 구글의 번역기능이 하루를 다르게 일취월장하는 것을 보면 우리 인간이 파괴된 바벨탑의 한계를 곧 극복할 수 있지 않을까 하는 생각이 들기도 한다.

준비를 잘하기 위해서는 목표가 있어야 한다. 큰 목표건 작은 목표건 달성하고자 하는 분명한 목표가 있으면 좋다. 물론 인생의 목표는 가치 있는 큰 목표이어야 한다. 너무 작은 목표에 집중하다보면 장님이 코끼리를 그리는데 자신이 만져 본 것만 그리게 될 수가 있다. 코끼리의 전체 모습을 그릴 때 진정으로 의미가 있는 것이다.

20대 여러분뿐만 아니라 많은 사람들이 목표를 세우지만 작심삼일로 흐지부지 끝나는 경우가 많다. 어떻게 하면 세운 목표를 성취할 수 있을까? 궁극적인 큰 목표를 세우되 반드시 단계별 목표를 세워라. 단계별로 목표를 달성하고 스스로에게 칭찬을 해주라. 목표는 결과가 중요한 만큼 과정도 중요하다. 그 과정 과정에 충실할 때 마지막 목표가 원

활하게 이루어지는 것이다. 나의 책 『나는 세렌디퍼다』처럼 말이다. 목표를 향해 갈 때 반드시 우선순위를 정해야 한다. 20대에 사실 중요하지 않은 것이 어디 있겠는가? 이것도 저것도 모두 다 중요하다. 판단은 자신이 하는 것이다. 예전과 달리 요즘 학생들은 이러저러한 이유로 수업에 들어오지 못한다고 한다. 그럴 때마다 일명 "공결"이 중요한 것이 아니라 자신의 인생에서 어느 것이 더 중요한가를 생각하고 우선순위를 성해야만 한다. 그건 교수의 몫이 아니고 학생의 몫이다. 그리고 그 우선순위가 정해지면 집중해라. 다른 것은 버려도 좋다. 하지만 버리지 말아야 할 것이 있다. 바로 사랑하는 시간은 버리지 마라. 목표가 정해지고 우선순위가 정해지고 그것에 집중하면 이루어지지 않는 것이 없다. 준비는 바로 이렇게 하는 것이다.

준비를 위해 돈이 필요하면 30대가 되기 전에는 부모님으로부터 도움을 받아라. 어려워하지 말고 도움을 청해라. 대부분의 부모님은 아직 20대인 자식에게 흔쾌히 도움을 주고 싶어 할 것이다. 30대가 지나서도 부모에게 신세를 진다면 그건 너무나 안타까운 일이다. '명예(honor)'라는 단어의 가장 중요한 의미에는 '독립적인 삶'과 '자유로운 삶'이 내포되어 있다. 다른 사람과 비교해서 좋은 대학을 나오고,

이기고, 많은 돈을 버는 것을 명예롭다고 말하지만, 이건 명예의 작은 의미에 불과하다. 온전히 혼자 힘으로 삶을 꾸려 나가고 그러면서 자신 이외의 다른 사람에게, 자신이 속해 있는 사회에, 국가에 손톱만큼이라도 도움이 되는 삶을 살 때 명예로운 것이다.

20대 여러분! 사랑하는 사람과 데이트를 하는데 돈이 필요하면 부모님께 손을 벌려서라도 데이트 자금을 마련해라. 명예로운 삶을 준비하는데 필요한 돈은 언제든지 부모에게 요청해라. 이때 중요한 것이 있다. 부모로부터 도움을 받으면 반드시 감사할 줄 알아야 하고 언젠가 갚을 것이라 다짐해라. 아무리 자식과 부모 사이라도 완전한 공짜는 없다. 비록 갚지 못하더라도 반드시 마음속에 다짐해라. 그런 것이 여의치 않으면 아르바이트를 해서라도 충당해라.

준비를 하는 과정에서 실패와 실수를 하는 경우가 있다. 아니 대부분의 사람들이 실패와 실수를 한다. 그렇다고 실패와 실수가 두려워 시도하지 않으면 얻을 수 있는 것은 아무것도 없다. 시도해라. 자신의 미래를 위해 필요한 준비라면 그것이 다른 사람에게 피해를 주지 않는 것이라면 무조건 시도해라.

아메리카 인디언들은 자주 기우제를 지냈는데 그들이 기

우제를 지내면 반드시 비가 온다고 한다. 왜 그런지 아는가? 그들은 비가 올 때까지 기우제를 지내기 때문이다. 실패와 실수는 성공으로 가는 간이역에 불과하다.

로마가 1,200년간 계속된 이유는 간단하다. 로마인들은 실패를 궁극적인 승리를 하는데 있어 당연히 지나가야 할 단계로 여겼다. 로마인들은 실패로부터 배웠다. 이른바 '회복탄력성'이 어느 나라보다도 강했다. 왕정에서 공화정으로 바뀔 때, 셀트 족에게 로마가 초토화되었을 때, 이탈리아 중부 삼니움 족에게 크게 패배했을 때, 그리고 제2차 포에니 전쟁 때 한니발에게 패배했을 때 로마는 강한 탄력성을 가지고 더욱 강한 나라가 되었다. 하지만 제정기 오현제 시대를 지나고 군인황제시대가 되면서 로마의 회복탄력성은 사라져갔다. 실패와 실수로부터 배우는 회복탄력성이 사라질 때 지상제국 로마도 망할 수밖에 없었던 것이다.

에디슨의 전구실험도, 켄터키 후라이드 치킨 창업주 샌더스 할아버지도, 워싱턴도, 링컨도, 처칠도, 오프라 윈프리도, 오바마도, 유재석도 한때 실패했다. 그러나 그들은 포기하지 않았다. 그리고 그들은 실패와 실수로부터 무엇인가를 배웠다. 삼성전자가 매번 히트를 치는 이유를 아는가? 바로 여기에는 독특한 파티가 있다. 바로 "실패파티"이다. 구성

원들의 실패파티를 통해 다시는 실패하지 않기 위한 지혜를 공유하는 것이다.

현대그룹의 창업주 정주영을 아는가? 그는 가난이 너무 싫어 집을 가출했다. 그것도 4번이나! 정주영은 아버지가 농사를 위해 사 둔 소를 몰래 팔아('20세기 전위예술'로 알려진 소 1,001마리를 직접 몰고 판문점을 넘어 이북에 전달한 것은 소를 훔쳐 나오면서 아버지에게 "아버지, 1,000배로 갚아 드릴게요"라고 한 다짐을 실천한 것이다.) 70원을 마련하여 지금의 수도학원에서 부기와 주판을 배워 취업을 하려다가 아버지에게 잡혀서 다시 집으로 갔다.

그리고 어느 날 집을 완전히 나와 인천 앞바다의 부두노동자 일을 하면서 지냈다. 변변치 않은 숙소에서 여러 명이 함께 지내다보니 '벼룩'이라는 놈이 여간 말썽이 아니었다. 대부분의 노동자들은 방에서 잠을 자지 못하고 밖으로 나가 쪽지 잠을 잤다. 벼룩들이 혼자 남아 있는 정주영을 집중 공격했다. 이에 정주영은 방안에 밥상과 세숫대야가 있는 것을 확인하고 대야 4개에다 물을 채워 밥상다리 4개를 그 안에 놓고 밥상 위에 올라가 잠을 잤다. 수영을 하지 못하는 벼룩들의 공격은 한동안 뜸했으나 다시 공격해왔다. 가만히 보니 이 벼룩군단이 벽과 천정을 타고 올라가 정주영이 자고 있는 곳까지 가서 가미카제 식으로 집중 포격했다. 정주영은 바로 여기서 살기 위해 벼룩도 저렇게 노력하는데 사람이 못할 것이 어디 있겠는가를 느꼈다고 한다.

그길로 바로 부두노동자 일을 그만두고 서울로 무작정 상경하다가 한 쌀가게(복흥상회) 앞에 붙어 있는 채용공고를 보고 들어갔다. 내용은 "자전거를 탈 줄 아는 건장한 청년 구함"이었다. 자전거를 전혀 탈 줄 몰랐지만 정주영은 간단한 면접에서 "자전거를 탈 줄 압니까?"라는 주인의 물음에 "네, 탈 줄 압니다"라고 대답했고, 바로 쌀가게 점원으로 채용되었다. 그러나 자전거를 탈 줄 몰랐던 정주영은 다음날 첫 쌀 배달을 하다가 그만 쌀자루를 바닥에 엎질러 버렸다. 다행히 주인은 그런 정주영을 이해하고 자전거를 배워 일을 하게 했다. 이때 정주영은 아버지의 소를 팔아서 배운 부기와 주판 실력으로 쌀가게의 대차대조표를 정확하게 작성하여 주인으로부터 큰 신임을 얻었다. 이것이 현대그룹의 출발이었다. 바로 실패하더라도 두려워하지 않고 시도한 창업주의 도전이었다.

나의 군대생활도 생각난다. 1980년대 초만 하더라도 컴퓨터는 고사하고 타자기도 많지 않았다. 그 당시 대부분의 행정은 타자기로 일처리를 했다. 대학원을 다니면서 조교선생이 타자 치는 것을 보았기 때문에 타자기라는 것이 무엇인지는 알았다. 늦은 나이에 군대를 간 나는 보충대에서 자대배치를 받기 위해 기다렸다. 나를 포함하여 14명의 병사가 대기를 하고 있었는데 한 선임 병사가 와서 "야! 타자 칠 줄 아는 병사 있나?"라고 물었다. 아무도 손을 들지 않았다. 그때 만감이 교차했다. 나는 타자를 칠 줄은 모르지만 구경은 했지 않았는가? 타자 치는 일을 하면 행정병으로 군 생활을 할 수 있지 않을까? 나도 모르게 번쩍 손을 들면서 "이병 김형곤"이라고 외쳤다. "타자 잘 쳐?" "잘 칩니다." 나는 바로 행정부대로 차출되어 자대배치를 받았다. 약 이틀 동안 선임병사들이 너무나 잘 대해주었다. 하지만 마음은 편치 않았다. 나는 타자를 전혀 칠 줄 몰랐기 때문이다. 3일째 되는 날, "야, 김 이병! 중대장님이 내려오래"라는 말을 듣고, "올 게 왔구나" 생각하고 내려갔다. "이병 김형곤, 중대장님 부름을 받고 왔습니다." "어이 김 이병! 타자기 잘 친다며." 나는 솔직하게 말했다. "못 칩니다." ……. 그 후 나는 3일에 걸친 밤낮을 가리지 않은 타자 연습으로 지금은 컴퓨터 자판을 잘 두드리며 살고 있다. 비록 독수리타법이지만 말이다. 원래 내 머리통이 그렇게 크지 않았는데 이때 타자를 배우느라 하도 많이 맞아 머리가 부은 상태(大頭)가 되었다.

준비를 할 때 중요한 또 한 가지가 있다. 누구라도 좋다. 자신의 역할모델로 삼을 수 있는 사람을 골라 멘토로 삼아라. 선배나, 교수님이나, 책에서 만난 어떤 위인이나 자신의 길에 등불이 될 수 있다고 생각되는 사람의 삶을 찾아보고 그의 경험을 공유해라. 알렉산더는 아킬레스를, 카이사르는 알렉산더를, 아우구스투스는 아그리파를, 워싱턴은 형 로렌스를, 링컨은 워싱턴을 멘토로 삼았다.

시카고 대학을 세계 최고의 명문대학으로 만든 로버트 허친스 총장은 자신의 이름을 딴 "허친스 플랜"에서 고전을 읽고 또 읽고 또 읽을 것을 주문했다. 그리고 다음 3가지를 강조했다.

1. 역할모델을 정해라.
2. 인생의 좌우명이 될 수 있는 가치를 발견하라.
3. 발견한 가치에 대해 꿈과 이상을 품어라.

20대 여러분! 진짜 행복해지기 위해서는 단순한 재테크에 미치지 말고, 하루 종일을 하더라도 지겨워하지 않고 즐겁게 할 수 있는 일이 무엇인지 고민해서 그 일을 찾아 해라. 그것이 공부면 공부에, 그 일이 운동이면 운동에, 그 일이 다른 사업이면 사업에 미쳐라.

20대는 거의 80년을 더 살아가야 할 기본 맷집을 키우는 시기이다.

정의에 미쳐라

20대에 진짜 미쳐야 할 것이 또 하나 더 있다. 바로 정의로움에 미쳐보아야 한다. "요즘 같은 경쟁과 우선주의가 판치는 시대에 정의가 어디 있어요?" "모로 가도 서울만 가면 그만인 것 아닌가요?" "일반적으로 나쁜 것에는 '나만 아니면 그만'이고, 좋은 것에는 '나만 되고 나면 그만'인 시대에 무슨 다른 사람을 생각해요?" 이런 항변이 대세를 이룬다면 또 이런 항변을 당연한 것으로 받아들인다면, ⋯ 그러면, 미안한 이야기이지만 이건 인간이 사는 사회가 아니라, 정글의 법칙이 작용하는 사회라 생각한다. 그건 연출된 김병만의 "정글의 법칙"과 다른, 진짜 강자만 살아남는 다윈의 "적자생존", "자연도태"의 논리가 대세인 정글과 다름없다.

내가 정말 싫어하는 말 중 하나가 "모로 가도 서울만 가면 그만인 것 아닌가요?"이다. 우리 사회에 녹아 있는 이 속담은 우리 사회의 현상을 단적으로 설명해주는 다소 달갑지 않은 씁쓸한 사실이지만 이제 우리가 이런 속담은 버려야 하지 않겠는가.

사회가 이러한데 우리 20대에게 "정의에 미쳐라"고 하는 것은 시대와 어울리지 않아요. 너무 가혹해요. 20대에게만 이런 요구하는 것은 불공평해요. …. 이런 반박을 할 수도 있다. 하지만 사랑도, 준비도, 정의도 20대에 하지 않으면 그 생명력이 결코 크지 않다. 20대는 다른 나이대에 비해 정의로운 생활을 훨씬 자유롭게 할 수 있는 나이이기 때문이다. 미성숙의 10대와 달리 20대는 자신의 가치판단이 분명하게 설 수 있는 나이대이다. 어쩔 수 없이 현실과 타협하고 침묵하지 않을 수 없는 다수의 30대나 40대에 비해 20대는 훨씬 자유롭다.

20대 여러분! "정의(JUSTICE, 正義)"! 이것, 많이 들어보지도 못하고, 또 사회적으로 관심도 없는 것이어서 정의라고 하면 왠지 어렵고, 귀찮고, 손해 보는 것처럼 여겨질 수 있다. 물론 우리가 다 아는 유관순 열사나 안중근과 윤봉길 의사 같은 분의 행동은 분명 정의롭다. 우리가 그럼 이런 열사와 같은 일을 해야만 정의를 실천하는 것인가? 우리의 대부분은 그럴 수 없고 또 우리 사회도 굳이 그걸 요구하지도 않는다. 그럼 도대체 무엇이 정의인가?

정의는 아주 작은 일! 침을 함부로 뱉지 않는 일, 쓰레기를 함부로 버리지 않는 일, 환경을 생각하여 ESG를 실천하는 일, 시험 볼 때 부정행위를 하지 않는 일 등 아주 작은 일을 실천하는 것 역시 정의이다. 이처럼 소극적 정의이건 적극적 정의이건 정의는 정의이지 다름이 아니다. 그래서 정의와 자유를 이야기하는 선각자들은 정의에 대해 이렇게 규정한다. 존 스튜어트 밀은 『자유론』에서, 마이클 샌델은 『정의란 무엇인가?』에서 정의란 "다른 사람에게 피해를 주지 않는 개인적 자유"임을 강조한다. 거기에다 그 "개인적 자유"가 나뿐만 아니라 다른 사람에게 조금이라도 도움이 되는 것이면 더욱 정의로운 것이라 말한다. 즉, 내가 누리는 자유가 "타자공헌"으로 작용할 때 진짜 정의가 실현된다는 것이다.

기시미 이치로와 고가 후미타케는 『미움 받을 용기』에서 자유롭고 행복한 삶을 살기 위한 심리학자 아들러의 가르침을 말하고 있다. 고민하는 청년에게 진정한 자유와 행복을 누리기 위해서는 두 가지를 실천해야 한다고 주장한다. 하나는 자신을 온전히 "타자분리"(개인적 자유)할 때이고, 다른 하나는 "타자공헌"(나의 자유가 나뿐만 아니라 다른 사람에게도 도움이 되는 것)할 때이다. 이 말은 바로 "정의"의 의미와 동일하다. 그리고 앞에서 말한 '명예'와도 그 맥락을 같이하고 있다.

최근 우리 사회는 참으로 안타까운 현상을 경험하고 있다. 바로 내가 하면 괜찮고, 남이 하면 잘못이라고 보는 점이다. 심지어 근거도 없는 신조어가 만들어지고 이제 그 신조어가 고유한 사자성어처럼 쓰이고 있다. 바로 "내로남불"이다. 바야흐로 융복합 시대를 반영이라도 하듯이, 우리말, 영어, 한자가 혼합된 내로남불의 현상은 사회 전반에 걸쳐 만연되어 있다. 그러나 정의의 관점에서 보면 이 말은 너무나 정의롭지 못한 말이다. 사실 내가 싫으면 다른 사람도 싫을 수 있다. 또 잘못되고 정의롭지 못한 것은 바로 잘못된 것이다. 잘못된 것은 학연, 지연, 혈연, 신분, 이데올로기, 연령, 성별 등에 따라 정의롭게 되고 정의롭지 않게 되는 것이 아니라 잘못 그 자체인 것이다.

그럼에도 우리 사회는 언젠가부터 나와 다르면 그냥 다르다고 인정하지 않고 잘못되고 정의롭지 못한 것으로 취급하는 경향이 강해졌다. 의견이 달라 반대하는 사람을 두고 '반대자(opponent)'라고 한다. 어떤 일에 반대하고 의견을 달리

할 수 있다. 어떤 상황에 대해 다른 생각을 할 수 있다. 무리를 지어서 살고 있는 인간 사회에서는 그 어디에서나 반대 의견이 있을 수 있다. 나라를 책임지는 정치집단에서도, 어떤 조직에서도, 어떤 단체에서도, 심지어 소규모 가정에서도, 더 나아가 너와 나의 관계에서도 생각과 의견이 다를 수 있다. 생각과 의견이 다르다고 해서 나쁘거나 잘못된 것은 결코 아니다. 모든 것이 다르지 않고 나와 같아야 한다는 것은 자칫 이른바 '근친상간 교배증식(incestuous amplification)'을 낳을 수가 있다. 근친끼리 교배를 했을 때 아무런 차이나 반대가 없이 일사천리로 잘 되어 가는 것 같지만 결국은 파국을 맞게 된다는 것이다.

리처드 세일러 등은 『넛지(Nudge)』라는 책에서 조직 내 다른 의견의 중요성을 실증적으로 설명하고 있다. 다른 의견을 무시하지 않고 자유롭게 인정함으로써 조직이 실수나 실패를 하지 않고 현명하고 바른 방향으로 이끌게 한다는 것이다. 그런데 언젠가부터 우리 사회는 이른바 주류와 다른 의견을 내면 그는 바로 '적(enemy)'이 되어 버리는 경향이 두드러졌다. 그만큼 서로 간의 갈등이 첨예화되어 있다. 참으로 안타깝다.

갈등을 해소하는 최고의 방법은 나만 옳고 우리만 옳다고 하는 아집을 버려야 한다. 다른 사람과 다른 집단은 나와 우리와 생각이 다를 수 있다. 다른 것은 다를 뿐이지 나쁜 것이 아니다.

고대 로마가 진정한 강대국이 된 데는 여러 가지 이유가 있지만 그 중에서도 서로의 다름을 다름으로 인정하고 조화를 이루었기 때문이다. 기원전 390년 로마는 겔트족의 침략을 받아 로마가 함락될 위기를 맞았다. 여러 가지 노력으로 로마인들은 '적' 겔트족을 물리쳤다. 로마인들은 패배의 고통을 겪으면서 새롭게 무엇인가를 배웠다. 그들은 서로 다른 생각을 하고 다른 의견을 내놓는다고 해서 서로가 적이 아님을 알았다. 로마의 귀족과 평민은 신분도, 사회적 지위도, 삶의 방식도, 그래서 생각과 의견도 서로 달랐지만 어떻게 해야만 겔트족에게 패배해 받은 치욕으로부터 벗어날 수 있는가를 배웠다. 그것은 기원전 367년에 만들어진 이른바 '리키니우스 법'으로 구체화 되었다. 로마인들은 리키니우스 법을 공포하면서 그 기념으로 하나의 신전을 세웠다. 그것도 로마 최고의 중심지인 포로 로마노에 말이다. 우리로 말 할 것 같으면 광화문 네거리 이순신장군 동상 옆 정도는 되었다. '콘코르디아 신전(Aedes Concordiae)'이 그것이다. 일치, 조화, 융화, 협조 등의 의미를 가진 신전이다. 두

명의 집정관 중 한 명은 평민에게 개방한다는 리키니우스 법으로 서로 다른 두 계급이 단결하여 조화를 이루고 융합하고 협조하여 로마 국가를 위해 온 힘을 다할 것을 이 신전 건립으로 맹세한 것이다. 역사는 분명 우리에게 길을 가르쳐주고 있지만 우리는 그 역사가 주는 지혜를 외면하고 있는 것 같다.

20대 여러분! 우리 모두는 똑같은 가치중립의 사람이다. 그 가치중립에서 정의로움과 징의롭지 못함을 구분하는 방법은 시간적·공간적 배경을 초월하여 그것이 보편타당한 가치일 때는 정의로운 것이고 그렇지 못할 때는 정의롭지 못한 것이다.

나이가 든 탓인지 소변이 자주 보고 싶어진다. 대체로 남자들의 화장실은 줄을 서지 않아도 된다. 그러나 서울역이나 복잡한 백화점 등에 가면 가끔 대변도 보고 싶어진다. 화장실로 뛰어가면 어김없이 모든 변기에 길게 줄을 서 있다. 참고, 참고, 또 참고, 드디어 내 자리가 되었는데, 먼저 들어간 사람이 함흥차사(咸興差使)보다 더하다. 급한 김에 노크를 하니, 안에서 느긋하게 "툭" 하고 응답이 나온다. 자, 여기서 중요한 것이 있다. 변기 안에 있는 사람이 나쁜 사람인가요? 내가 나쁜 사람인가요? 둘 다 나쁜 사람이 아니다. 변기 안에 있는 사람은 그 사람대로, 나는 나대로 생각하는 것이다. 그래서 우리는 똑같은 사람이다. 서로가 같다는 것을 인정할 때 정의인 것이다.

다시 말하지만, 20대에 정의에 미쳐라고 하는 말이 너무 현실과 동떨어진 얘기로 들릴지 모르지만 20대는 다른 나이대에 비해 이른바 "합리적 무시(Rational Ignorance)"를 거부할 수 있는 최적의 나이이다. 대부분의 20대는 책임져야 할 가정과 조화로운 인간관계를 이루어나가야 할 직장이 아직 없는 상태이다. 그런 만큼 비교적 자유롭다. 4·19 혁명은 물론 군부정권 시절에 수많은 대학생들이 민주화를 위해 피와 땀을 흘려 투쟁할 수 있었던 것도 이 때문이다. 합리적 무시란 분명 잘못된 것을 확인하고도 이를 문제시 않고 그냥 무시해 버리는 것을 말한다. 문제를 삼아서 이익을 보는 것보다 침묵함으로써 볼 이익이 훨씬 크다는 판단을 하는 것이다.

가령 예를 들어보자. 하루 이용객 3,000명을 예상하고 건설한 KTX 공주역의 경우, 어떨 때는 하루에 수십 명도 이용하지 않는다고 한다. 왜 이런 일이 벌어졌을까? 왜 이런 일이 벌어져 국민세금을 낭비하게 만들었을까? 분명 몇몇 위정자들의 정치행동과 지역 이기주의가 이유이기도 하다.

그러나 많은 사람들은 분명 공주역을 건설하면 이용객이 많지 않을 거라는 사실을 알고 있었을 것이다. 그럼에도 대부분의 사람들이 공주역 건설을 문제 삼지 않고 그냥 침묵했다. 괜히 문제 삼는 것보다 침묵하는 것이 더 나을 것이라 판단하고 그냥 침묵한 결과이다. 이러한 사례는 역사 속에서 무수히 볼 수 있다.

좋은 게 좋은 것이 아니라, 잘못된 것에는 분노해야 한다. 20대의 그런 분노는 분명 사기 자신은 물론 우리, 사회, 국가, 나아가 인류에게 보다 멋진 정의가 실현되도록 할 것이라 믿어 의심치 않는다.

나오며

　　20대! 청춘! "아프니까 청춘이다", "천 번은 흔들려야 어른이 된다"는 말에 더 이상 위로를 받지 마라. 아프면 빨리 병원 가서 치료해라. 한두 번은 흔들려도 천 번을 흔들리면 아무리 청춘의 20대라도 용서가 안 된다. 말했듯이 누구나 실수와 실패를 할 수 있다. 더더욱 20대는 당연한 것인지 모른다. 그러나 현명한 사람은 그 실수와 실패를 그대로 두지 않고 그것으로부터 무엇인가를 배운다. 한두 번의 흔들림 속에서 무엇이 잘못되고 무엇을 해야만 더 이상 흔들리지 않는지를 배워라.

　　20대는 늘 아프고 흔들리고 할 시간이 없다. 너무나 할 일이 많기 때문이다. 20대라고 해서 절대적인 크로노스의 시간이 많은 것이 아니다. 크로노스는 누구에게나 동일한 시간을 준다. 하지만 상대적인 카이로스는 20대이기 때문에 보다 많은 시간을 줄 수 있다. 그만큼 중요한 일을 많이 하라고 기회를 주는 것이다. 이러한 시기에 20대 이후에 해도 결코 늦지 않은 그런 일에 미치면 정작 20대에 해야 할 일을 놓칠 수 있다.

우리 사회는 언젠가부터 이기는 것, 좋은 것, 많은 것, 먼저 하는 것, 1등, 금메달, 서울, 서울대, 돈, 화려함 등 이른바 플러스(+)적인 것에만 가치기준을 두고 있는 현상이 뚜렷하다. 그러나 행복은, 비록 마이너스(-)적인 것이라도 다양한 가치기준 속에서 자신에게 주어진 문제를 긍정적이고 성숙하게 풀어갈 때 최대한 실현된다는 것을 명심하기 바란다.

"대한민국 20대 재테크에 미쳐라"라고 외치지만 이 말에 더 이상 현혹되지 마라. 20대에 재테크에 미치지 않아도 앞으로 재테크에 미칠 시간은 무궁무진하다. 요즘 신조어로 '파이어족'이 있다. 빨리 많은 돈을 벌어 스스로 일로부터 벗어나 멋진 삶을 산다는 의미란다. 아이고! 20대 여러분! 분명히 말하지만 이 말은 인간의 삶의 의미를 모르는 참으로 무책임한 말이다. 공자는 인생에서 최고의 불행이 "소년등과(少年登科)"하는 것이라 말하고 있다. 어린 나이에 등과

하면 반드시 "부득호사(不得好死)"한다는 것이다. 즉, 죽을 때 좋게 죽지 못한다는 의미이다. 왜 그럴까? 어린 나이에 출세하면 거의 반드시 오만해지고 나태해진다는 수천 년 아니 수만 년에 걸쳐 내려온 인간의 경험이 그것을 가르쳐 주고 있다. 그러니 20대 여러분! 20대에는 20대에 하면 가장 좋은 일들에 열정을 쏟아 봐라.

20대에 세 가지에 진짜 미쳐봐라. 우선은 재테크에 미친 사람들보다 다소 늦는 깃 같고 뒤쳐진 것 같지만, … 인생은 결코 단거리 경주가 아니다. 20대에 최적화 되어 있는 세 가지, 첫째, 사랑에 미쳐라. 그러면 앞으로의 그대들은 자신의 존재 이유를 느끼고 그만큼 인생이 행복질 것이다. 둘째, 준비에 미쳐라. 그러면 앞으로의 그대들의 인생이 더욱 풍성해질 것이다. 셋째, 정의에 미쳐라. 그러면 앞으로의 그대들의 인생이 더욱 자유로워질 것이다. 니체가 말하는 "여러분의 운명을 사랑하십시오." 아모르 파티(amor fati)!

그러면 그 어떤 영감이 솟아나 그대들에게 그 어떤 문제가 닥쳐와도 성숙한 방어기제로 극복할 수 있는 강한 맷집이 생길 것이다.

60이라는 나이가 지나간다. 고백할 것이 하나 있다. 넋두리 같은 말이긴 하다.

아이고

내 나이 젊을 때는
눈은 잘 보였다.
하지만 세상을 잘 보지 못했다.
이제 나이가 들어
눈은 잘 보이지 않는데
세상은 잘 보인다.
아이고.

20대 여러분! 내 사랑하는 학생 여러분! 한 지방대학에서 낭만교수로 있는 나의 따뜻한 멘토로 받아주길 바란다. 여러분! 평생 나의 밥줄이 기꺼이 되어 준 미국 초대 대통령 조지 워싱턴은 노예 없이 농사를 잘 짓고 사는 북부 농부들을 보고 "그들이 할 수 있는데, 왜 우리는 못할까요?"라고 말했다. 내가 재직하고 있는 건양대학교를 설립한 김희수 총장의 인생의 모토가 있다. "그도 할 수 있고, 너도 할 수 있는데, 왜 내가 못해?"

여러분! 할 수 있습니다.

더 읽을거리

1. 조지 베일런트, 『행복의 조건』
2. 김형곤, 『나는 세렌디퍼다』, 『국민을 행복하게 만든 대통령들』
3. 김난도, 『아프니까 청춘이다』
4. 시오노 나나미, 『로마인 이야기』 1
5. 정철진, 『대한민국 20대 재테크에 미쳐라』
6. 스콧 피츠제럴드, 『위대한 개츠비』
7. 기시미 이치로·고가 후미타케, 『미움 받을 용기』
8. 양다솔, 『마흔에 읽는 니체』
9. 마이클 샌델, 『정의란 무엇인가』
10. 만화(영화), '영심이'
11. 영화, '위대한 개츠비'

토론 주제 : OREO맵

1. 나는 20대에 진짜 미쳐야 될 것은 무엇이라 생각하는가?
2. 나는 사랑에 조건이 있다고 생각한다, 혹은 없다고 생각한다.
3. 나도 이런 "합리적 무시(Rational Ignorance)"를 경험했다.

Being Happy

Hermann Hesse

There is no duty in life except the duty of being happy.

It is our only reason for being in this world.

With all our duties, all our morals, all our commandments,

we seldom make one another happy, because these do not

make us happy.

A person who is good can only be so when he is happy,

when there is harmony within him, in other words, when he

loves.

This has been the rule, the only rule, of this world – thus

taught Jesus; thus taught Buddha; thus taught Hegel. For each

of us the only thing of importance in this world is his own

inner self – his soul, his capacity for love.

When this is working, we may be eating plain porridge or

cake, we may be wearing rags or jewels – but the world will

be resounding in the clear tones of the soul. It will be a good

world, a world going on in proper order.

인생에 주어진 의무는 다른 아무것도 없다네. 그저 행복하라는 한 가지 의무뿐.

우리는 행복하기 위해 세상에 왔지. 그런데도 우리의 모든 의무, 온갖 도덕, 온갖 계명을 갖고서도 사람들은 그다지 행복하지 못하다네. 그것은 사람들 스스로 행복을 만들지 않는 까닭이지.

인간은 선을 행하는 한 누구나 행복에 이르지. 스스로 행복하고 마음속에서 조화를 찾는 한. 그러니까 사랑을 하는 한… 사랑은 유일한 가르침, 세상이 우리에게 물려준 단 하나의 교훈이지. 예수도, 부처도, 헤겔도 그렇게 가르쳤다네.

모든 인간에게 세상에서 한 가지 중요한 것은 그의 가장 깊은 곳, 그의 영혼, 사랑하는 그의 능력이라네.

보리죽을 떠먹든 맛있는 빵을 먹든, 누더기를 걸치든 보석을 휘감든

사랑하는 능력이 살아 있는 한, 세상은 순수한 영혼의 화음을 울리고

언제나 좋은 세상 옳은 세상일거라네.

■ 성숙한 방어기제와 미성숙한 방어기제

방어기제를 설명하기 위해 가공의 여성을 예로 들겠다.

그녀는 서른 살에 결혼했으며 한 번 유산했다. 그 뒤로 7년간 아이를 가지려고 노력했지만 실패했다. 그녀는 늘 여동생에 비해 자신이 사회 부적응자라는 느낌을 갖고 있었다. 여동생에게는 아이가 넷이나 있어, 가족들은 "아이를 잘 낳고 잘 돌본다."고 그녀를 칭찬했다. 이 여성의 남편은 아이를 몹시 원했다. 그녀는 서른여덟 살에 암 검사 결과 초기 자궁 경부암 진단을 받고 자궁을 들어냈다. (그녀의 갈등이 본능적 소망, 부모가 되고 싶다는 기대, 현실, 그녀가 사랑했던 사람들의 요구 등과 얽혀 있었다는 점을 주목하라.)

아래의 짤막한 이야기들은(연구팀에게 방어기제를 식별하는 데 사용한 것과 유사한 이야기들이다) 자궁절제술 이후에 그녀가 보여줄 수 있는 반응들을 묘사한 것이다. 처음의 여섯 가지 이야기는 미성숙한 방어기제의 사례이고, 나머지 다섯 가지는 성숙한 방어기제를 묘사한 것이다.

■ 미성숙한 방어기제

(1) 수술 후 상처 부위가 약간 감염되자, 그녀는 화가 나서 병원의 비

위생적 환경을 비난하는 장문의 편지를 신문사에 보냈다. 그녀는 의사가 제때에 조치를 취하지 않았다고 비난하면서 의료사고 소송을 낼까 궁리중이다.(투사 : 받아들일 수 없는 충동이나 생각을 외부 세계로 옮겨놓는 정신 과정)

(2) 마취에서 깨어난 뒤, 그녀는 유감스럽게 생각하는 대신 종교적인 경험을 했다고 즐거워했다. 또한 수술 이후 주변의 모든 친구들에게 이번 고통으로 인해 도처에서 고통받는 자들과 교감할 수 있게 되었다고 말했다. 그녀는 내면적으로 굉장한 행운을 경험했다고 느꼈으며, 신의 은총으로 암을 조기에 발견하여 수술을 무사히 끝내게 되었다고 말했다.(해리 : 자신의 불쾌한 감정이 새로운 것을 만들어 냈다고 자위)

(3) 그녀는 간호사에게 문병객을 들여보내지 말라고 부탁했다. 문병객들을 보면 '슬퍼진다'는 것이 그 이유였다. 그녀는 꽃을 모두 쓰레기통에 던져버리고 아기들 사진만 보며 지냈다. 신생아실로 내려가서 만약 그곳에 누워 있는 아기들이 자신의 아기라면 어떤 이름을 지어줄까 꿈꾼다. 한 번은 당직 간호사가 그녀에게 브람스의 자장가를 그렇게 큰 소리로 휘파람 불지 말라고 주의를 줬다.(환상 : 현실적 기초도 가능성도 없는 헛된 생각이나 공상)

(4) 그녀는 암이 임파선으로 전이될까 봐 노심초사했다. 그래서 병문

안 온 사람들에게 자신의 목과 사타구니에 생긴 작은 덩어리에 관해 지칠 줄 모르고 끝없이 이야기를 늘어놓았다. 여동생이 문병 왔을 때 그녀는 꽃다발을 쓰레기통에 내던지면서 동생이 자기 아이들을 돌보느라고 언니가 암으로 죽어가는데도 전혀 신경 쓰지 않는다면서 분노를 터뜨렸다.(건강염려증)

(5) 인턴이 정맥주사를 놓으면서 혈관을 찾지 못해서 고생하자 웃으면서 걱정하지 말라고 한다. "선생님은 아직 의대생이니까 혈관을 찾기가 쉽지 않을 테죠." 잠을 이루지 못하던 그녀는 자신의 링거액이 다 떨어진 것을 보았다. 새벽 4시였다. 그녀는 야간 당직 간호사를 호출한 다음 인턴을 깨워 링거를 갈아달라고 요구한다. 그녀는 쾌활한 목소리로 인턴에게 좀 더 일찍 간호사에게 알리지 않은 것은 병원 사람들이 너무 바쁘다는 걸 알기 때문이었다고 말했다. 그리고 그가 당연히 체크할 것으로 생각했다고 말했다.(수동 공격형)

(6) 병원에서 퇴원한 직후, 그녀는 한 달 사이에 네 명의 다른 남자와 잠자리를 함으로써 남편에게 부정한 짓을 저질렀다. 두 번은 칵테일 라운지에서 만난 남자와, 한 번은 열여덟 살짜리 배달 직원을 유혹하여 관계를 맺었다. 그전까지는 남편 말고 다른 남자와 관계를 맺은 적이 없었다.(부정적 행동화)

■ 성숙한 방어기제

(1) 수술한 지 한 달 뒤, 그녀는 유방암과 신장암에 걸려 수술 받은 경험이 있는 여성들을 모아 부인과 수술 환자들을 문병하고 위로해 주었다. 또한 자신의 경험을 바탕으로 정보도 알려주고 조언도 해주었다.(이타주의)

(2) 그녀는 병원에서 마르쿠스 아우렐리우스의 『명상록』과 구약성서 중 전도서를 읽었다. 그녀는 눈물 젖은 손수건을 남편에게 내보이지 않으려고 무척 애를 썼다. 실을 뽑는 날도 (고통스러웠지만) 불평을 조금도 하지 않았다. 아기 사진이 자신을 심란하게 만든다는 것을 알고서는 평소 좋아하던 잡지였지만 육아 특집이 실린 잡지를 일부러 읽지 않았다.(억제)

(3) 그녀는 조카들로부터 건강을 염려하는 안부 편지를 받고 기뻐했다. 그녀는 주일학교에서 취학 전 아동을 맡아 가르치기로 했다. 그리고 동네에서 발행하는 주간 소식지에 아이 없는 이모의 씁쓸 달콤한 즐거움을 시로 표현했다.(승화)

(4) 그녀는 《플레이보이》지에 나온 자궁절제술의 정의를 읽으면서 갈비뼈가 아프고 눈물이 날 정도로 웃었다. 자궁절제술이란 "유모차를 내버리고 아기 놀이터만 놔두는 것"이라고 정의했던 것이다. 그녀는 자

기가 왜 그렇게 즐거워하는지 놀라서 궁금해 하는 간호사들에게 "이 모든 게 너무 아이러니컬하잖아요."라고 대답했다.(유머)

(5) 담당 의사는 수술 후 그녀가 너무나 의연하게 잘 견디는 모습을 보고 놀랐다. 그녀는 아이 문제로 속을 끓인 것을 후회한다고 담담하고 솔직하게 말했다. 의사가 그처럼 놀랐던 것은 수술 전 그녀가 보였던 태도와 수술 후 그녀의 모습이 너무 달랐기 때문이다. 수술 전에는 앞으로 생길지 모르는 수술 합병증을 걱정하면서 두 번 다시 아이를 가질 수 없을 거라며 울고불고 했던 것이다.(예견)

〔참고〕조지 베일런트 지음, 이덕남 옮김, 『행복의 조건 – 그들은 어떻게 오래도록 행복했을까?』(서울 : 프런티어, 2010), pp.453-456.

김형곤

경남 거창에서 태어나 중앙대학교에서 미국 역사를 공부하여 문학박사 학위를 받았다. 현재 건양대학교 교수로 재직하고 있다.

저서로 주요 관심 분야인 미국 대통령의 리더십을 분석한 책들이 있다. 에이브러햄 링컨의 리더십을 분석한 『원칙의 힘』, 프랭클린 루스벨트의 리더십을 분석한 『소통의 힘』, 조지 워싱턴의 리더십을 분석한 『정직의 힘』이 그것이다. 2021년에는 그동안 공부한 내용을 종합한 『국민을 행복하게 만든 대통령들』을 출간했다. 우리나라에도 이들처럼 성공적인 대통령이 나오기를 간절히 바라고 있다. 살림지식총서로 『조지 워싱턴』, 『로널드 레이건』, 『대통령의 퇴임 이후』, 『미국 남북전쟁 : 링컨』, 『미국 독립전쟁 : 조지 워싱턴』 등 미국 대통령들의 리더십과 위대함을 다룬 책을 펴냈다. 2009년 링컨 탄생 200주년을 기념하고 한국미국사학회 창립 30주년을 기념하면서 "성공한 미국 대통령 10인 시리즈"를 기획 출가했다.

그동안 필자는 "성공한 미국 대통령 10인 시리즈"에 대비되는 "실패한 미국 대통령 10인 시리즈"를 출판하고 싶었지만 늦어지고 있었다. 작년에 『벤저민 해리슨』, 『프랭클린 피어스』, 『리처드 닉슨』 1, 2, 3을 출간했고, 올해 시리즈 4 『워렌 하딩』을 펴냈다. 미국의 실패한 대통령의 면면을 살펴보아 이를 타산지석으로 삼으면 앞으로 우리 국민들이 국민을 행복하게 만들어 줄 대통령을 뽑는 데 혜안을 갖게 되지 않을까 생각한다.

그리고 이 책 『대한민국! 20대가 진짜 미쳐야 할 3가지』는 그동안 강산이 세 번 바뀌는 동안 학생들을 가르치면서 정작 중요한 것이 무엇인지를 스스로에게 묻고 답하는 짧은 글이다. 배우는 학생이기 이전에, 가르치는 선생이기 이전에 모든 인간에게 가장 필요한 그것, 행복을 위해 무엇을 해야 하는가에 대한 어느 지방대 낭만교수의 진심어린 글이다.

"대한민국 20대가 어떻게 하면 진짜 행복한 인생을 살 수 있을까요?"

• khg@konyang.ac.kr

자기개발 리더십 전문가 **김형곤** 교수가 말하는

대한민국!
20대가 **진짜** 미쳐야 할 **3**가지

초판 1쇄 발행 2024년 9월 20일

저자 | 김형곤
펴낸이 | 김주래
펴낸곳 | 두루 출판사

등록 | 396-95-02021
주소 | 서울시 용산구 효창원로 17
전화 | 010-8767-4253
전자우편 | kjla12@naver.com

ISBN 979-11-987424-3-8
정가 11,000 원

* 저자와 협의하여 인지를 붙이지 않습니다.